Leão Branco

MICHAEL MORPURGO

LEÃO BRANCO

Tradução
RODRIGO NEVES

wmf **martinsfontes**

SÃO PAULO 2014

Esta obra foi publicada originalmente em inglês com o título
THE BUTTERFLY LION
por Harper Collins Children Books
Copyright © 1996 Michael Morpurgo

O autor reivindica o direito de ser identificado como o autor desta obra.
Todos os direitos reservados. Este livro não pode ser reproduzido, no todo ou em parte, nem armazenado em sistemas eletrônicos recuperáveis nem transmitido por nenhuma forma ou meio eletrônico, mecânico ou outros, sem a prévia autorização por escrito do Editor.

Copyright © 2014, Editora WMF Martins Fontes Ltda.,
São Paulo, para a presente edição.

1ª edição 2014

Tradução
RODRIGO NEVES

Revisão de tradução
Ana Caperuto
Acompanhamento editorial
Márcia Leme
Revisões gráficas
Ana Paula Luccisano
Marisa Rosa Teixeira
Edição de arte
Katia Harumi Terasaka
Projeto gráfico
Erik Plácido
Produção gráfica
Geraldo Alves
Paginação
Studio 3 Desenvolvimento Editorial

Dados Internacionais de Catalogação na Publicação (CIP)
(Câmara Brasileira do Livro, SP, Brasil)

Morpurgo, Michael
 Leão branco / Michael Morpurgo ; tradução Rodrigo Neves. – São Paulo : Editora WMF Martins Fontes, 2014.

 Título original: The butterfly lion.
 ISBN 978-85-7827-843-4

 1. Ficção norte-americana I. Título.

14-03224   CDD-813

Índices para catálogo sistemático:
1. Ficção : Literatura norte-americana   813

Todos os direitos desta edição reservados à
Editora WMF Martins Fontes Ltda.
Rua Prof. Laerte Ramos de Carvalho, 133 01325.030 São Paulo SP Brasil
Tel. (11) 3293.8150 Fax (11) 3101.1042
e-mail: info@wmfmartinsfontes.com.br http://www.wmfmartinsfontes.com.br

Para Virginia McKenna

LEÃO BRANCO

Leão branco nasceu da confluência mágica de alguns ingredientes: a lembrança de um garotinho que, num passado remoto, tentou fugir da escola; um livro de Chris McBride sobre um bando de leões brancos que ele descobrira; um fortuito encontro, numa viagem de carona, com Virginia McKenna, atriz e defensora dos leões e das demais criaturas que nascem livres; a história verídica de um soldado da Primeira Guerra Mundial que salvou da morte alguns animais de circo, na França; e a visão inesperada, da janela de um trem, da imagem de um cavalo branco entalhada numa encosta de calcário, próximo de Westbury, em Wiltshire.

Para Chris McBride, Virginia McKenna e Gina Pollinger – muito, muito obrigado. E para você, leitor – divirta-se!

MICHAEL MORPURGO
Fevereiro de 1996

Frieiras e pudim
de semolina

A vida das borboletas é bastante curta. Elas desabrocham e agitam suas gloriosas asinhas por apenas algumas semanas, depois morrem. Para vê-las, é preciso estar no lugar certo, na hora certa. E foi isso o que aconteceu quando vi o leão-borboleta – calhou de eu estar no lugar certo, na hora certa. Não foi um sonho. Nada disso foi um sonho. Eu o vi com meus próprios olhos, todo azul, cintilando à luz do sol, numa tarde de junho, quando eu era criança. Faz muito tempo. Mas não esqueci. Não posso esquecer. Prometi-lhes que não esqueceria.

Eu tinha 10 anos. Estava no internato, nos confins de Wiltshire, longe de casa, num lugar que eu detestava, vivendo à base de latim, ensopado, rúgbi, castigos, corridas ao ar livre, frieiras, arranhões, camas rangentes e pudim de semolina. E também tinha o Basher Beaumont, que me aterrorizava e atormentava tanto que eu vivia com medo. Eu queria fugir. Isso sempre me passava pela cabeça, mas só uma vez consegui juntar coragem para dar no pé.

Eu estava morrendo de saudade de casa, depois de ter lido uma carta de minha mãe. Basher Beaumont tinha me encurralado na sala em que se guardam os sapatos e passado graxa no meu cabelo. Eu tinha ido mal numa prova de ortografia, e o senhor Carter tinha me obrigado a ficar num canto, com um livro na cabeça, a aula inteira – seu castigo predileto. Eu me sentia infeliz como nunca. Estava fazendo buracos no reboco da parede quando decidi que iria fugir.

Dei o fora na tarde do domingo seguinte. Com um pouco de sorte, só perceberiam minha ausência na hora do jantar, e, a essa altura, eu já estaria em casa, livre. Pulei o cercado no fundo do parque, atrás das árvores, para não ser visto. Então corri. Corri como louco, como se estivesse sendo perseguido por sabujos. Corri sem parar até ultrapassar a Innocents Breach e deparar com a estrada. Eu já tinha planejado toda a minha fuga. Poderia caminhar até a estação – não dava mais do que oito quilômetros – e tomar o trem até Londres. Depois, pegaria o metrô até minha casa. Uma vez lá, eu bateria o pé e diria que não voltaria mais para o internato.

Havia poucos carros na estrada. Mesmo assim, levantei a gola do impermeável para que não vissem meu uniforme. Então começou a chover, aqueles pingos pesados que indicam que vem vindo mais água. Atravessei a estrada e comecei a correr pelo largo canteiro de grama, abrigado pelas árvores. Para além do canteiro, havia um muro alto de pedra, quase todo coberto por hera. Ele se estendia indefinidamente, até onde a vista alcançava, sendo interrompido apenas por uma enorme abertura em arco, onde a estrada fazia a curva. Sobre o arco, havia um grande leão de pedra. Quando me aproximei, vi que ele estava rugindo na chuva, a boca arreganhada, os dentes expostos. Parei e o encarei por um momento. Então ouvi, atrás de mim, o barulho de um carro que diminuía de velocidade. Não hesitei. Empurrei o portão de ferro, entrei e me escondi atrás do pilar de pedra. Fiquei observando o carro até ele desaparecer na curva.

Se eu fosse pego, levaria quatro, talvez seis, bordoadas na parte de trás dos joelhos. E, pior, teria de voltar para o internato, para os castigos, para Basher Beaumont. Acompanhar a estrada era perigoso, bem perigoso. Decidi atravessar o campo até a estação. A caminhada seria mais longa, porém muito mais segura.

Um estranho encontro

Eu ainda estava pensando que direção seguir quando ouvi uma voz atrás de mim.
– Quem é você? O que você quer?
Virei-me.
– Quem é você? – repetiu a dona da voz, uma velhinha não muito mais alta que eu. Ela me examinou minuciosamente por baixo da sombra de um chapéu de palha encharcado. Tinha olhos negros penetrantes, para os quais eu não quis olhar.
– Não imaginei que fosse chover – ela disse, mais gentilmente. – Está perdido, não é?

Não respondi. Ela trazia um cachorro pela coleira, um cachorro enorme. Havia um rosnado ameaçador preso em sua garganta, e os pelos das suas costas estavam eriçados.

Ela sorriu.

– O cachorro só está dizendo que você invadiu minha propriedade – continuou, apontando a bengala, acusadora, na minha direção. Usou-a para abrir um pouco meu impermeável. – Fugiu da escola, não foi? Bom, se aquele lugar continua como antes, não posso culpá-lo. Mas está chovendo. Acho melhor entrarmos. Vou oferecer uma xícara de chá para o garoto, está bem, Jack? Não se preocupe com o Jack. Ele não morde.

A julgar pela aparência do cachorro, tive minhas dúvidas.

Não sei por quê, mas em nenhum momento pensei em fugir. A ideia nem mesmo me passou pela cabeça. Mais tarde eu me perguntaria por que a segui sem hesitar. Acho que foi porque soube que ela, de alguma forma, esperava por mim. Segui a velhinha e o cachorro até a casa, que era enorme, tão grande quanto o internato, e parecia ter brotado do chão. Quase não se viam telhas, tijolos ou pedras. Toda a casa estava coberta por uma trepadeira vermelha, e mais de dez chaminés, revestidas de hera, despontavam no telhado.

Nós nos sentamos perto do forno, numa ampla cozinha abobadada.

– A cozinha é o lugar mais quente da casa – disse a velhinha, abrindo a porta do forno. – Você vai secar logo, logo. Quer um bolinho? – continuou, inclinando-se com certa dificuldade para alcançar o interior do forno. – Sempre como bolinho aos domingos. E tomo chá para ajudar a engolir. Quer um pouco? – ela continuou tagarelando, enquanto se ocupava com a chaleira e o bule. O cachorro me encarava o tempo todo, sem piscar, de dentro de seu cesto. – Eu estava pensando... – ela disse – você é o primeiro rapazinho que recebo aqui em casa desde o Bertie – então se calou.

O cheiro dos bolinhos se espalhou pela cozinha. Comi três antes mesmo de tocar no chá. Eram docinhos e estavam macios e suculentos por causa da manteiga derretida. Então ela continuou a falar alegremente; só não sei se era comigo ou com o cachorro. Eu não estava prestando atenção, estava olhando pela janela, através dela. O sol rompia por entre as nuvens, despejando raios de luz sobre a encosta. Um arco-íris perfeito cruzava o céu. E, no entanto, por mais espetacular que fosse a imagem, não era o arco-íris que atraía a minha atenção. De alguma forma, as nuvens projetavam uma estranha sombra na encosta, uma sombra com a forma de um leão, que, como o leão sobre o arco de pedra, parecia rugir.

– O sol apareceu – ela disse, oferecendo-me outro bolinho. Eu o aceitei gulosamente. – Ele sempre aparece. Podemos nos esquecer disso às vezes, mas o sol sempre acaba aparecendo, abrindo passagem por entre as nuvens. É verdade.

Enquanto eu comia, ela olhava para mim sorrindo, um sorriso que me aqueceu por dentro.

– Não pense que quero que você vá embora. Não é isso. Gosto de ver um garotinho comendo tão bem, gosto de companhia; mas acho que vou levá-lo de volta para a escola depois do chá. Senão você só vai se meter em encrenca. Não fuja, está bem? Você tem de brigar, enfrentar o que for preciso, fazer o que tiver de ser feito, não importa o que aconteça – ela olhava pela janela enquanto falava. – Foi meu Bertie quem me ensinou essa lição, ou talvez tenha sido o contrário. Não estou lembrada – e continuou tagarelando, mas meus pensamentos estavam longe novamente.

O leão continuava ali, na encosta, só que, agora, ele estava azulado, cintilando à luz do sol. Era como se respirasse, como se estivesse vivo. Não era mais uma simples sombra. Sombras não são azuis.

– Não, você não está delirando – sussurrou a velhinha. – Não é mágica. Ele é de verdade. É o nosso leão, meu e do Bertie. É o nosso leão branco, nosso leão-borboleta.

– Leão o quê? – perguntei.

Ela me fitou por um longo tempo.

– Se quiser, posso contar a história a você – disse. – Quer que eu conte? Mas quer mesmo?

Fiz que sim com a cabeça.

– Então coma outro bolinho e tome mais um pouco de chá. Vou levá-lo para a África, para a terra onde o nosso leão e o meu Bertie nasceram. É uma história e tanto. Você já esteve na África?

– Não – respondi.

– Pois então agora você vai pra lá – ela disse. – Nós dois iremos.

De repente, perdi a fome. Tudo o que eu queria era ouvir a história. Ela se recostou na cadeira, com o olhar perdido em direção à janela. E começou a falar devagarinho, parando para pensar antes de cada frase, e, durante todo o tempo, não tirou os olhos do leão-borboleta. E eu também não.

Timbavati

Bertie nasceu na África do Sul, numa casa de fazenda afastada, que ficava perto de um lugar chamado Timbavati. Quando Bertie começou a dar seus primeiros passos, seus pais decidiram construir um cercado ao redor da casa para que o garoto pudesse brincar em segurança. Isso não manteria as cobras afastadas – era impossível –, mas, pelo menos, Bertie estaria a salvo dos leopardos, dos leões e das hienas. No interior do cercado, havia, na frente da casa, uma área gramada e jardins; nos fundos, ficavam os estábulos e os celeiros – todo o espaço que uma criança poderia querer, não é verdade? Mas não Bertie.

A fazenda se estendia até onde o olhar alcançava, em todas as direções, somando 20 mil acres de savana. O pai de Bertie criava gado, mas eram tempos difíceis. Havia chovido pouco, e grande parte dos rios e charcos estava seca. Com a escassez de gnus e impalas para capturar, leões e leopardos atacavam o gado sempre que podiam. Então, o pai de Bertie tinha de sair de casa, com seus homens, para proteger o gado. E, toda vez que saía, dizia a mesma coisa:

– Não abra o portão, Bertie, está ouvindo? Lá fora há leões, leopardos, elefantes, hienas. Comporte-se, hein?

Bertie podia ficar próximo ao cercado, ao lado de sua mãe, vendo o pai se afastar, cavalgando. Sua mãe também era sua professora, pois a escola mais próxima ficava a mais de mil quilômetros dali. E ela também o advertia que ficasse dentro do cercado.

– Veja o que aconteceu em *Pedro e o lobo* – dizia.

Ela sofria de malária crônica e, mesmo quando não estava em crise, mostrava-se apática e triste.

Havia dias bons, quando ela tocava piano para o filho e brincava de esconde-esconde com ele dentro dos limites do cercado. Ou então quando ela o colocava no colo, no sofá da varanda, e começava a falar sobre a casa na Inglaterra, sobre quanto odiava aquela vida selvagem e solitária na África e sobre quanto amava o pequeno Bertie. Mas dias assim eram raros. Todas as manhãs, Bertie subia na cama da mãe e se aconchegava ao seu corpo, na vã expectativa de que ela acordasse disposta e feliz; mas isso quase nunca acontecia, e ele tinha de ficar mais uma vez sozinho, abandonado à própria sorte.

A certa distância da casa, colina abaixo, havia um charco. E, quando o charco inundava, transformava-se no mundo de Bertie. O garoto podia passar horas no cercado poeirento, as mãos agarradas às estacas da cerca, observando, ao longe, as maravilhas da savana: as girafas, que afastavam as pernas para beber água; os impalas, que vinham pastar e agitavam a cauda, sempre alertas; os javalis, que ficavam bufando e fungando à sombra das árvores; os babuínos, as zebras e os gnus; e os elefantes, que chafurdavam na lama. Mas o que Bertie realmente gostava de ver era o bando de leões, que saía da mata com passos leves. Os impalas eram os primeiros a fugir. Depois, as zebras, que se agitavam e saíam a galope. E, em poucos segundos, os leões tinham o charco só para si e se agachavam para beber.

Bertie cresceu observando e estudando a vida selvagem da segurança do cercado. Agora ele podia subir na árvore junto à casa e se sentar nos galhos mais altos. Lá de cima, ele podia ver melhor e ficava horas a fio esperando que os leões aparecessem. Conhecia tão bem a vida do charco que era capaz de sentir a presença dos leões antes mesmo de vê-los.

Bertie não tinha amigos com quem brincar, mas ele sempre dizia que não se sentira sozinho quando criança. De noite, gostava de ler livros e se perder nas histórias; de dia, sua mente viajava pela savana, com os animais. Era lá que ele gostaria de estar. Quando a mãe estava se sentindo bem, ele lhe implorava que o levasse para fora do cercado, mas a resposta era sempre a mesma.

– Não posso, Bertie. Seu pai proibiu – dizia ela. E não se tocava mais no assunto.

Os homens voltavam para casa e contavam histórias da savana, sobre a família de guepardos que mantinha sentinelas vigiando o seu outeiro; sobre o leopardo que armazenava a caça em cima da árvore; sobre as hienas que eles haviam afugentado; sobre a manada de elefantes que havia pisoteado o gado. E Bertie ficava escutando, com os olhos arregalados, impaciente. Cansava de pedir ao pai que o levasse para proteger o gado. Mas o pai apenas ria, passava a mão na cabeça do filho e dizia que aquilo era trabalho de homem. Ele até ensinou Bertie a cavalgar e a atirar, mas sempre dentro dos limites do cercado.

As semanas passavam e Bertie continuava preso no cercado. Ele havia decidido que, como ninguém queria levá-lo à savana, ele iria por conta própria. Mas alguma coisa o impedia. Talvez fossem as histórias que ouvira sobre as mambas negras, cobras cuja picada poderia matá-lo em dez minutos; ou sobre hienas, cujas mandíbulas poderiam dilacerá-lo; ou ainda sobre urubus, que comeriam toda a sua carcaça, sem deixar nenhum vestígio. E o garoto permanecia no cercado. Porém, quanto mais ele crescia, mais o cercado lhe parecia uma prisão.

Certa noite – Bertie devia ter uns 6 anos –, ele subiu no galho mais alto da sua árvore e ficou esperando até que os leões viessem saciar a sede ao pôr do sol, como sempre faziam. Ele estava pensando em desistir, pois logo ficaria escuro demais para enxergar, quando viu uma leoa solitária se aproximar do charco. Então percebeu que ela não estava sozinha. Atrás dela, meio cambaleante, vinha o que parecia ser um filhote – só que branco, de um branco que brilhava ao lusco-fusco.

Enquanto a leoa bebia, o filhote brincava com o rabo dela, e, quando ela se satisfez, os dois rapidamente se embrenharam na mata, indo embora.

Bertie correu para dentro de casa, gritando, empolgado. Precisava contar a alguém. Encontrou o pai trabalhando na escrivaninha.

– Impossível – disse o pai. – De duas uma: ou você está delirando ou está inventando histórias.

– Eu vi, juro que vi – insistiu Bertie. Mas seu pai ficou contrariado e o mandou para o quarto, por discutir com ele.

A mãe veio vê-lo algum tempo depois.

– Qualquer um pode se confundir, Bertie – ela disse. – Deve ter sido o reflexo do sol. Ele engana os olhos, às vezes. Leões brancos não existem.

Na noite seguinte, Bertie ficou observando atrás da cerca novamente, mas a leoa e o filhote branco não apareceram. Também não apareceram na próxima noite, nem na outra. Bertie começou a achar que havia sonhado.

Uma semana ou mais se passou, e, nesse tempo, apenas zebras e gnus visitaram o charco. Bertie estava na cama quando ouviu o pai chegando a cavalo e, depois, o som de botas pesadas na varanda.

– Nós a pegamos! Nós a pegamos! – ele disse. – Uma leoa enorme, grande mesmo. Ela capturou seis das minhas melhores reses nas últimas duas semanas. Mas, agora, dei um jeito nela.

O coração de Bertie parou. Naquele momento terrível, ele soube que a leoa de que seu pai estava falando era a mesma do charco. Não havia dúvida. O filhote branco tinha ficado órfão.

– Talvez – começou a dizer a mãe de Bertie –, talvez ela tivesse filhotes para alimentar. Talvez eles estivessem famintos.

– Se eu não tivesse feito nada, nós é que teríamos ficado famintos. Tive de matá-la – retrucou o pai.

Bertie ficou deitado ali, ouvindo, a noite inteira, os rugidos lamentosos que ecoavam pela savana, como se todos os leões da África estivessem manifestando o seu pesar. Enfiou o rosto no travesseiro e só conseguiu pensar no filhote branco, agora órfão, e prometeu a si mesmo que, se o filhote voltasse ao charco, à procura da mãe, ele faria o que jamais ousara fazer: abriria o portão, iria até lá e o traria para casa. Não iria permitir que ele morresse lá fora, sozinho. Mas o filhote não retornou ao charco. Bertie esperou por ele todos os dias, o dia inteiro, mas ele não apareceu.

Bertie e o leão

Certa manhã, uma ou duas semanas mais tarde, Bertie foi acordado por um coro de relinchos assustados. Ele pulou da cama e correu para a janela. Perseguida por duas hienas, uma manada de zebras debandava pelo charco. Então ele viu mais hienas, três delas, que estavam absolutamente imóveis, com o focinho e os olhos voltados para o charco. Só então ele reparou no filhote de leão. Mas não era, de jeito nenhum, um filhote branco. Estava coberto de lama, com as costas voltadas para o charco, agitando inutilmente as patinhas contra as hienas, que começavam a fechar o cerco. O filhote não tinha para onde fugir, as hienas estavam cada vez mais perto.

Bertie desceu as escadas num piscar de olhos, saltou para a varanda e, descalço, gritando a plenos pulmões, atravessou o pátio. Abriu o portão bruscamente e disparou colina abaixo até o charco, gritando e movimentando os braços como uma fera selvagem. Assustadas com a intromissão repentina, as hienas deram meia-volta e correram, mas não foram muito longe. Quando achou que poderia atingi-las, Bertie começou a jogar pedrinhas nelas, e novamente elas correram, mas também dessa vez não se afastaram muito. Então ele chegou ao charco, ficando entre o filhote e elas, e começou a gritar para que fossem embora. Mas elas não foram. Permaneceram ali, hesitantes. Então começaram a fechar o cerco novamente, aproximando-se cada vez mais.

Foi nesse instante que se ouviu o tiro. As hienas fugiram para dentro da mata e sumiram. Quando Bertie se virou, viu sua mãe, em camisola de dormir, segurando o rifle e correndo em sua direção. Ele nunca a tinha visto correr assim. Juntos, recolheram o filhote coberto de lama e o levaram para dentro da casa. Ele se debateu um pouco, embora estivesse fraco demais para lutar. Depois que lhe deram leite quente, eles o meteram na banheira. Foi então que Bertie viu que, debaixo da crosta de lama, o filhote era branco.

– Viu só! – gritou ele, triunfante. – Ele *é* branco! *É* branco. Eu não disse? É meu leãozinho branco! – A mãe não conseguia acreditar. Mas, cinco banhos depois, finalmente ela deu o braço a torcer.

Eles o colocaram num cesto de roupas, perto do forno, e o alimentaram novamente, todo o leite que ele poderia querer, e ele bebeu bastante. Depois o colocaram para dormir. O filhote ainda estava dormindo quando o pai de Bertie chegou para o almoço. Eles lhe contaram o que tinha acontecido.

– Por favor, pai. Quero ficar com ele. Posso? – pediu Bertie.

— Eu também quero – disse a mãe. – Nós dois queremos. – E falou com uma força que Bertie nunca tinha visto nela, a voz cheia de determinação.

O pai de Bertie parecia não saber como responder. Ele disse apenas:

— Conversamos depois – e saiu.

E eles realmente conversaram depois, quando Bertie deveria estar dormindo. Mas, ao contrário do que eles pensavam, Bertie estava atrás da porta da sala de estar, escutando a conversa e observando. O pai dele caminhava de um lado para o outro.

— Ele vai crescer – dizia o pai. – Não podemos ficar com um leão adulto, você sabe disso.

— Mas *você* sabe que não podemos jogá-lo às hienas – retrucou a mãe. – Ele precisa de nós; e nós precisamos dele. Ele pode servir de companhia para Bertie, por um tempo. – E acrescentou com tristeza: – Sabemos que Bertie não terá irmãozinhos com quem brincar.

Ao ouvir isso, o pai de Bertie foi até ela e beijou-lhe a testa suavemente. Era a primeira vez que Bertie o via beijá-la.

– Está bem – ele disse. – Está bem. Vocês podem ficar com o leão.

E, assim, o leão branco passou a viver entre eles, na casa da fazenda. Dormia no pé da cama de Bertie. Aonde quer que o menino fosse, o filhote de leão ia atrás – até mesmo ao banheiro, onde ele ficava vendo Bertie tomar banho e, depois, lambia-lhe as pernas. Os dois nunca se separavam. Foi Bertie quem cuidou de sua alimentação – oferecendo-lhe leite até quatro vezes ao dia numa das garrafas de cerveja do pai – até que o filhote ficasse grande o bastante para tomá-lo numa tigela de sopa. Havia carne de impala à vontade, e, à medida que o leão crescia – e ele crescia rápido –, seu apetite aumentava.

Pela primeira vez em sua vida, Bertie sentia-se verdadeiramente feliz. O leãozinho era um ótimo substituto para os irmãos e amigos que ele não tinha. Os dois se sentavam na varanda, lado a lado, para ver o grande sol vermelho se esconder atrás do horizonte africano. Bertie lia *Pedro e o lobo* para ele e, no final, o menino sempre dizia que jamais permitiria que o leão fosse viver num zoológico, enjaulado, como o lobo da história. E o leãozinho erguia o olhar para Bertie, com olhos crédulos, cor de âmbar.

– Por que você não dá um nome a ele? – perguntou a mãe, certa vez.

– Ele não precisa de nome – respondeu Bertie. – Ele é um leão, não é gente. Leões não precisam de nome.

A mãe de Bertie era muito paciente com o leãozinho, apesar da bagunça que ele fazia, das almofadas que rasgava e da louça que quebrava. Nada disso parecia tirá-la do sério. E, por algum misterioso motivo, durante todo esse tempo, ela quase não ficou doente. Passou a caminhar com nova disposição, e a sua risada era ouvida em toda a casa. O pai de Bertie é que não estava muito feliz.

– Leão não é bicho de casa – resmungava. – Tem de ficar lá fora, no cercado. – Mas ninguém lhe dava atenção. O leão havia trazido alegria para mãe e filho, alegria e risadas.

Correndo para
a liberdade

Aquele foi o melhor ano da infância de Bertie. Mas, ao chegar ao fim, trouxe-lhe mais dor do que ele poderia ter imaginado. Ele sempre soubera que, um dia, quando estivesse mais crescido, seria mandado para a escola na Inglaterra, mas pensava – e tinha esperança de estar certo – que esse dia ainda estivesse muito distante. E, simplesmente, afastara a ideia da cabeça.

Seu pai tinha acabado de voltar da viagem de negócios que fazia todos os anos a Joanesburgo. Contou-lhes a novidade durante o jantar, naquela mesma noite. Bertie sabia que algo estava por vir. Sua mãe voltara a se sentir triste – não doente, apenas estranhamente triste. Ela não conseguia encará-lo e estremecia quando tentava sorrir para ele.

O leão havia acabado de se deitar do lado de Bertie, encostando a cabeça quente em seus pés, quando o pai pigarreou e começou a falar. Era um sinal de que ele lhe passaria um sermão. Bertie já ouvira muitos sermões: sobre boas maneiras, sobre falar sempre a verdade, sobre os perigos da vida fora do cercado.

– Você já tem quase 8 anos, Bertie – ele disse. – Sua mãe e eu andamos pensando. Um rapazinho como você tem de ser educado numa boa escola, como convém. Bom, achamos o lugar ideal, fica perto de Salisbury, na Inglaterra. O tio George e a tia Melanie moram lá perto e prometeram que irão visitá-lo de vez em quando e cuidar de você nas férias. Eles substituirão o papai e a mamãe por um tempo. Você vai gostar deles, tenho certeza disso. Eles são boa gente. Você vai partir para a Inglaterra em julho, de navio. Sua mãe vai junto. Ela passará o verão com você, em Salisbury, e, em setembro, vai levá-lo para a escola; depois, voltará para a fazenda. Já está tudo arranjado.

À medida que seu coraçãozinho se enchia de pavor, Bertie só conseguia pensar no leão branco.

– E quanto ao leão? – queixou-se. – O que vai acontecer com ele?

– Tem mais uma coisa que você precisa saber – disse o pai. Olhou para a mãe de Bertie, inspirou profundamente e contou ao menino. Contou que havia conhecido um homem durante a viagem para Joanesburgo, um francês, dono de um circo na França. Ele fora para a África com a intenção de comprar leões e elefantes. Queria comprá-los jovens, bastante jovens, com cerca de 1 ano ou mais, para não ter dificuldade em treiná-los. Além do mais, era mais fácil e mais barato transportar animais não muito crescidos. Em poucos dias, ele faria uma visita à fazenda para dar uma olhada no leão branco. Se gostasse, poderia pagar um preço justo por ele e levá-lo embora.

Então, pela primeira vez na vida, Bertie gritou com o pai:

– Não! Você não pode fazer isso! – A raiva fez com que ele derramasse lágrimas quentes, mas elas logo foram substituídas por um choro silencioso de tristeza e pesar. Nada seria capaz de consolá-lo naquele momento, mas sua mãe tentou mesmo assim.

– Ele não pode ficar aqui para sempre, Bertie – disse. – Já sabíamos que isso iria acontecer, não é verdade? E você viu como ele fica parado, junto à cerca, olhando fixamente para a savana. Mas também não podemos soltá-lo. Ele ficaria sozinho, sem uma mãe para protegê-lo. Não daria certo. Ele morreria em poucas semanas. Você sabe disso.

– Mas vocês não podem mandá-lo para o circo! Não podem! – disse Bertie. – Ele vai ficar preso numa jaula. E eu lhe prometi que isso não aconteceria. As pessoas vão apontar para ele. Vão rir dele. Ele vai querer morrer. Nenhum animal deveria viver assim. Mas, quando ele olhou para os pais, do outro lado da mesa, soube que era inútil argumentar, eles já haviam decidido.

Bertie sentiu-se completamente traído. E, naquela mesma noite, tomou uma decisão. Esperou até ouvir a respiração pesada do pai, no quarto ao lado. Então, com o leão branco no seu encalço, de pijama, desceu as escadas silenciosamente, pegou o rifle do pai no armeiro e saiu apressadamente noite afora. O portão do cercado rangeu quando foi aberto, mas, agora, eles já estavam do outro lado, correndo rumo à liberdade. Bertie não pensou nos perigos que o cercavam, pensou apenas que era preciso correr para longe de casa.

O leão caminhava a passos surdos ao seu lado, parando vez ou outra para farejar o vento. O que parecia um grupo de árvores revelou-se uma manada de elefantes, que caminhava na direção deles. Bertie saiu correndo. Sabia quanto elefantes odiavam leões. Correu sem parar, até não aguentar mais. Quando o sol se ergueu na savana, ele subiu até o topo da colina e se sentou, o braço em torno do pescoço do leão. Chegara a hora.

– Desperte o seu espírito selvagem – sussurrou. – Você precisa agir como um leão. Não volte para casa. Eles vão colocá-lo numa jaula. Está ouvindo? Vou me lembrar de você para sempre, prometo que vou. Nunca vou esquecê-lo. – Enterrou a cabeça no pescoço do leão e ouviu o ronronar de reconhecimento que vinha de suas entranhas. Levantou-se. – Vou voltar para casa agora – disse. – Não me siga, por favor. – Bertie desceu a colina e foi embora.

Quando ele olhou para trás, o leão estava sentado, observando-o; mas, então, levantou-se, deu um bocejo, esticou as patas e correu em sua direção. Bertie gritou com ele, mas o animal continuou vindo. O menino jogou gravetos nele. Jogou pedras. Mas de nada adiantou. O leão até parava, mas, quando Bertie recomeçava a caminhar, ele voltava a segui-lo, mantendo-se a uma distância segura.

– Vá embora! – gritou Bertie. – Leão idiota! Leão feio! Odeio você! Odeio! Vá embora! – Mas o leão continuava caminhando a passos largos atrás do menino, apesar do que ele fazia, apesar do que ele dizia.

Só restava uma alternativa. Ele não queria ter de fazer aquilo, mas não havia opção. Com lágrimas nos olhos e na boca, ergueu o rifle e atirou para cima. No mesmo instante, o leão deu meia-volta e saiu correndo pela savana. Bertie deu outro tiro. Ficou observando até não conseguir mais enxergar o leão, depois se virou e voltou para casa. Sabia que seria castigado. Talvez o pai lhe desse uma surra de cinta – ele já ameaçara fazer isso várias vezes –, mas Bertie não se importava. O leão teria a chance de ser livre. Era uma chance pequena, mas qualquer coisa seria melhor do que as grades e os chicotes do circo.

O FRANCÊS

Eles estavam ali parados, na varanda, esperando, a mãe de camisola, o pai de chapéu, junto ao cavalo selado, pronto para ir atrás dele.

– Soltei o leão! – gritou Bertie. – Eu o soltei para que ele não fosse enjaulado. – Ele foi mandado imediatamente para o quarto; jogou-se na cama e enterrou o rosto no travesseiro.

Dia após dia, o pai saía à procura do leão branco, mas, toda noite, quando retornava, vinha de mãos vazias e vermelho de raiva.

– O que vou dizer ao francês? Já parou para pensar nisso, Bertie? Hein? Eu devia lhe dar com a cinta, como um pai de verdade faria. – Mas ele não fez isso.

Bertie passava os dias encostado à cerca, no alto de sua árvore ou na janela do quarto, sempre esquadrinhando a savana à procura de algo branco que se movesse pela mata. Rezava ao pé da cama todas as noites, rezava até os joelhos ficarem dormentes para que o leão branco aprendesse a matar, a encontrar comida, a evitar as hienas e também os outros leões, só para garantir. E, acima de tudo, rezava para que ele não voltasse, pelo menos até o francês do circo ter ido embora.

No dia em que o francês chegou, começou a chover, a primeira chuva dos últimos meses, era o que parecia. Bertie ficou olhando para o homem, encharcado, parado na varanda, os polegares metidos nos bolsos do colete, enquanto o pai de Bertie lhe dizia que não havia mais nenhum leão branco, que ele tinha fugido. Foi nesse momento que a mãe de Bertie levou a mão à garganta, gritou e apontou. O leão branco vinha entrando pelo portão do cercado, uivando tristonhamente. Bertie correu até ele, caiu de joelhos e o abraçou. O leão estava molhado até os ossos e tremia. Ele ofegava de fome, e estava tão magro que suas costelas estavam à mostra. Todos ajudaram a enxugá-lo, e depois ficaram observando enquanto ele comia vorazmente.

– *Incroyable! Magnifique!* – disse o francês. – Ele é branco, como você falou, branco como a neve, e manso também. Será a estrela do meu circo. Vou chamá-lo de "*Le Prince Blanc*", o "Príncipe Branco". Ele terá tudo aquilo de que precisar, tudo o que quiser, carne fresca todos os dias, palha fresca todas as noites. Eu amo os meus bichos, sabe. Eles são a minha família, e o leão de vocês vai ser como um filho para mim. Não se preocupe, meu jovem, prometo que ele nunca mais vai sentir fome. – Levou a mão ao coração. – Juro por Deus.

Bertie ergueu o olhar para o francês. Ele tinha um rosto bondoso, não era sorridente, mas parecia honesto e confiável. Nem isso, contudo, fez com que se sentisse melhor.

– Está vendo? – disse a mãe de Bertie. – Ele vai ser feliz. É isso o que importa, não é, Bertie?

Bertie sabia que não adiantava insistir. Sabia que o leão não sobreviveria lá fora, sozinho, e que teria de partir com o francês. Era a única alternativa.

Naquela noite, deitados no escuro do quarto, lado a lado, Bertie fez uma última promessa ao leão.

– Prometo que vou encontrá-lo – sussurrou. – Nunca se esqueça de que vou encontrá-lo. Prometo que vou.

Na manhã seguinte, o francês apertou a mão de Bertie na varanda e se despediu.

– Ele vai ficar bem, não se preocupe. E venha nos visitar, um dia. O meu circo se chama *Le Cirque Merlot*. É o melhor da França. – E foram embora, o leão branco num engradado de madeira, balançando de um lado para o outro na carroça do francês. Bertie ficou olhando até eles desaparecerem de vista.

Alguns meses depois, Bertie partiu da Cidade do Cabo num navio a vapor, rumo à Inglaterra, à escola, à nova vida. Quando a Table Mountain desapareceu numa névoa de calor e ele disse adeus à África, não estava de todo insatisfeito. Tinha a mãe como companhia, pelo menos por ora. E, além disso, a Inglaterra ficava mais perto da França do que a África, muito mais perto.

STRAWBRIDGE

A velha senhora bebericou o chá e torceu o nariz com desgosto.

– Não perco essa mania – ela disse. – Sempre deixo o chá esfriar. O cachorro coçou a orelha e rosnou de prazer, mas sem tirar os olhos de mim.

– Acabou a história? – perguntei.

Ela riu e pousou a xícara na mesa.

– Não, não – disse. E prosseguiu, tirando uma folha de chá da ponta da língua. – Até agora, essa foi a história de Bertie. Ele me contou tantas vezes que sinto como se eu tivesse estado lá. Mas, daqui em diante, é também a minha história.

– E quanto ao leão branco? – eu quis saber. – Ele reencontrou o leão branco? Conseguiu cumprir a promessa?

Uma nuvem de tristeza passou subitamente pelo semblante da velha dama.

— As histórias da vida real — ela disse, colocando a mão ossuda em cima da minha — nem sempre terminam do jeito que queremos. Lembre-se disso. Quer saber a verdade ou quer que eu invente alguma coisa para deixá-lo feliz?

— Quero que me conte a verdade — respondi.

— Pois bem — ela disse. E, desviando os olhos de mim, olhou novamente através da janela para o leão-borboleta, que continuava reluzindo na encosta, todo azul.

* * *

Enquanto Bertie crescia na fazenda africana, dentro de seu cercado, eu crescia aqui em Strawbridge, nessa caverna fria e cheia de ecos que chamam de casa, cercada pela muralha de pedra e pelo bosque de caça. E, na maior parte do tempo, cresci um tanto sozinha. Eu também era filha única. Minha mãe havia morrido durante o parto, e meu pai quase não ficava em casa. Talvez tenha sido por isso que Bertie e eu nos demos tão bem desde que nos conhecemos. Tínhamos muita coisa em comum.

Assim como ele, eu quase não saía de casa, portanto, tinha poucos amigos. Eu também não frequentava a escola, pelo menos não no início. Em vez disso, eu tinha uma governanta, a senhorita Tulipa – nós a chamávamos de "Chatulipa" porque ela era uma chata, com sua boca sempre cerrada e austera. Ela se movia pela casa como uma sombra fria e morava no último andar, junto com o cozinheiro e a babá. Foi a babá Mason – que Deus a tenha em bom lugar! – que me criou e me ensinou a diferenciar o certo do errado, como toda babá deve fazer. Mas para mim ela era mais do que uma simples babá, era como uma mãe, uma mãe maravilhosa, a melhor mãe que eu poderia ter, que qualquer pessoa poderia ter.

Eu passava as manhãs estudando com a Chatulipa, mas ficava o tempo todo esperando, ansiosa, pelos passeios vespertinos com a babá Mason. Exceto aos domingos, quando me deixavam ficar sozinha, se papai não estivesse em casa, e ele raramente estava. Então eu saía para empinar pipa ou ficava em casa lendo meus livros, conforme estivesse o tempo. Eu amava meus livros – *Beleza Negra*, *Mulherzinhas*, *Heidi* –, amava todos eles, pois eles me levavam para longe destas muralhas de pedra, para todas as partes do mundo. Conheci meus melhores amigos nesses livros – exceto Bertie, é claro.

Lembro que foi logo depois do meu aniversário de 10 anos. Era domingo e eu estava empinando pipa. Mas havia pouco vento, e, por mais que eu corresse, não conseguia fazê-las subir, nem mesmo a melhorzinha delas. Subi a Colina do Bosque, à procura de vento. E lá em cima, enfim, eu o encontrei, o suficiente para que minha pipa galgasse o céu. Mas as rajadas sopravam de tal maneira que ela saiu rodopiando para cima das árvores. Não consegui puxá-la a tempo, e ela ficou presa num galho de olmo, entre ninhos de gralhas. As gralhas voaram para longe, crocitando em protesto, enquanto eu puxava a linha, chorando de raiva e frustração. Então desisti, sentei-me no chão e gritei. Foi nesse momento que vi um menino sair da sombra das árvores.

– Eu a pego para você – ele disse, começando a subir na árvore. Com facilidade, ele engatinhou pelo galho, esticou a mão e soltou a pipa, que foi caindo, caindo até tocar o chão. Minha melhor pipa estava toda rasgada e destruída, mas, pelo menos, eu a conseguira de volta. Então o menino desceu da árvore e parou na minha frente.

– Quem é você? O que você quer? – perguntei.

– Se você quiser, eu posso consertar – ele disse.

– Quem é você? – repeti.

– Meu nome é Bertie Andrews – respondeu. Ele vestia trajes cinzentos de colégio, trajes que logo reconheci. Por detrás do portão em arco, eu os vira passar muitas vezes, aos pares, com o boné e as meias azuis da escola.

– Você estuda na escola que fica no fim da estrada, não é? – Ele arregalou os olhos, subitamente alarmado. Foi então que vi que suas pernas estavam arranhadas, sangrando.

– Você veio da guerra, é? – brinquei.

– Eu fugi – ele disse – e nunca mais vou voltar, nunca mais.

– E para onde está indo?

Ele balançou a cabeça. – Não sei. Nas férias, fico com meus tios, em Salisbury, mas não gosto de lá.

– Você não tem casa? – perguntei.

– É claro que tenho – respondeu. – Todo o mundo tem. Mas a minha fica na África.

Durante toda aquela tarde, ficamos conversando na Colina do Bosque. Ele me contou sobre a África, a fazenda, o charco, o leão branco, e como, para o seu desagrado, o leão fora mandado para a França, para viver no circo.

– Mas eu vou encontrá-lo – ele disse, desafiador. – De alguma maneira, vou encontrá-lo.

Para ser sincera, não sei se acreditei na história do leão branco. Eu simplesmente não achava que existissem leões brancos.

– Mas o problema – continuou – é que, mesmo que eu o encontre, não vou poder levá-lo para a África, como sempre quis.

– Por que não? – perguntei.

– Porque a minha mãe morreu. – Ele baixou o olhar e ficou arrancando folhinhas de grama. – Ela tinha malária, mas acho que morreu mesmo foi de tristeza. – Quando ergueu os olhos, eles estavam cheios de lágrimas. – As pessoas também morrem de tristeza, sabia? Depois meu pai vendeu a fazenda e se casou com outra mulher. Eu não quero mais voltar. Não quero vê-lo nunca mais.

Eu queria dizer quanto sentia pela morte da mãe dele, mas não conseguia encontrar as palavras certas.

– Você mora aqui mesmo? – ele perguntou. – Neste lugar imenso? É quase do tamanho de minha escola.

Então contei a ele o pouco que havia para saber sobre mim, sobre as intermináveis viagens de papai a Londres, sobre a Chatulipa, sobre a babá Mason. Enquanto eu falava, ele mordiscava folhas de trevo-roxo. E quando nenhum de nós tinha mais nada a dizer simplesmente nos deitamos na relva, sob o sol, e ficamos observando dois gaviões que guinchavam enquanto descreviam círculos no céu. Eu estava pensando no que poderia acontecer a Bertie se ele fosse pego.

– O que você vai fazer? – perguntei, por fim. – Isso não vai dar problema?

– Só se eles me apanharem.

– Mais cedo ou mais tarde, isso vai acontecer, é inevitável – eu disse. – Você tem de voltar antes que sintam a sua falta.

Depois de um tempo, ele ergueu um pouco o corpo e, apoiando-se no cotovelo, olhou para mim.

– Talvez você tenha razão – ele disse. – Talvez eles ainda não tenham percebido a minha ausência. Talvez ainda esteja em tempo. Mas, se eu voltar para lá, posso vir aqui novamente, depois? Só vou suportar a escola se puder vir aqui outra vez. Você deixa? Prometo que vou consertar a sua pipa. – E sorriu de maneira tão enternecedora que não pude dizer não.

Então ficou combinado. Ele viria me encontrar na Colina do Bosque, debaixo do olmo, todo domingo, às três da tarde, ou por volta desse horário. Ele teria de vir por dentro da mata, para não ser visto da casa. Eu sabia muito bem que, se a Chatulipa descobrisse, ela infernizaria tanto a minha vida quanto a de Bertie. Ele deu de ombros e disse que, se fosse pego, o máximo que poderia acontecer era ele levar uma surra na escola, mas que isso não importava, ele já estava acostumado. E, se o expulsassem, bem, ele não teria do que se queixar.

E VAI TUDO BEM

Bertie vinha me visitar todos os domingos, depois disso. Às vezes, ele não podia se demorar, pois tinha de cumprir detenção na escola, ou, então, eu precisava despachá-lo porque papai estava passando o final de semana em casa, caçando faisões no bosque, com os amigos. Tínhamos de ser cautelosos. Ele consertou a minha pipa, como prometera, mas, depois de um tempo, deixamos as pipas de lado e passamos, simplesmente, a conversar e caminhar juntos.

Bertie e eu vivíamos em função dos domingos. Nos dois anos que se seguiram, tornamo-nos bons companheiros e, depois, melhores amigos. Nunca dissemos isso um para o outro, pois não havia necessidade. Quanto mais eu o conhecia, mais acreditava em suas histórias sobre a África e o "Príncipe

Branco", que vivia no circo, em algum lugar da França. E eu também estava convencida de que, um dia, ele reencontraria o leão branco e o libertaria, como ele próprio sempre afirmava.

As férias escolares, sem as visitas de Bertie, aos domingos, arrastavam-se penosamente. Mas pelo menos eu não tinha de suportar as aulas da Chatulipa. Ela costumava passar esse período com a irmã, no litoral de Margate. Então, em vez de ter aulas, eu saía para passear com a babá Mason – "passeios pela natureza selvagem", como ela dizia.

Eu resmungava e batia o pé. "Mas é muito chato!", dizia. "Se houvesse zebras, búfalos-asiáticos, elefantes, babuínos, girafas, gnus, hienas, mambas negras, urubus e leões, então tudo bem. Mas o que há para ver? Um punhado de cervos, uma toca de raposa, um buraco de texugo? Cocô de coelho, um ninho de rouxinol, um ninho de cuco?"

Então, um dia, sem querer, deixei escapulir: – Babá, você sabia que, na África, existem leões brancos, leões brancos de verdade?

– Ora essa! – ela riu. – Você e as suas histórias fantásticas, Millie. Você lê livros demais.

Bertie e eu não ousávamos escrever cartas um para o outro, pois tínhamos medo que alguém as interceptasse. Mas, quando as aulas recomeçavam, ele vinha me visitar novamente, à sombra do olmo, às três da tarde do primeiro domingo, sem falta. Confesso que não me recordo muito bem do que a gente conversava. Às vezes, Bertie dizia que não podia ver um cartaz de circo sem se lembrar do "Príncipe Branco". Mas, conforme o tempo passava, ele falava cada vez menos no assunto, até que parou de vez. Pensei que ele tivesse esquecido o leão branco.

Estávamos crescendo rápido demais. Passaríamos juntos apenas mais um verão, o último antes que eu fosse mandada para uma escola de freiras no litoral de Sussex e ele para um colégio sob a tutela da catedral de Canterbury. Aproveitávamos cada encontro ao máximo, sabendo que tínhamos pouco tempo pela frente. A tristeza não nos deixava falar, e não declaramos o amor que sentíamos um pelo outro. Mas percebíamos sua presença cada vez que nossos olhares se encontravam, cada vez que nossas mãos se tocavam. Tínhamos absoluta certeza do que sentíamos um pelo outro. Então, antes de partir, naquele último domingo, Bertie me deu uma pipa que fizera nas aulas de carpintaria, na escola, e me disse para pensar nele sempre que a empinasse.

Ele seguiu para a sua escola e eu, para a minha, e não nos vimos mais. Eu sempre tomava cuidado para que a pipa não ficasse presa num galho, longe do meu alcance. Na minha cabeça, perder aquela pipa seria como perder Bertie para sempre. Eu a guardei em cima do meu guarda-roupa. E ela continua lá até hoje.

Agora, já podíamos escrever um para o outro, pois estávamos longe de casa, e não havia perigo. Escrevíamos como se estivéssemos conversando pessoalmente, na Colina do Bosque. Minhas cartas eram longas e digressivas. Nelas, eu contava as fofocas da escola e dizia como a vida havia melhorado em casa, agora que a Chatulipa não estava mais lá. As dele eram invariavelmente curtas, escritas numa letra tão mirrada que mal se podia ler. Ele continuava tão infeliz quanto antes, no interior dos muros que cercavam as terras da catedral. Havia muitos sinos, ele escreveu certa vez – sinos para acordar, para as refeições, para as aulas, sinos, sinos e sinos, dividindo o dia em fatias delgadas. Como odiávamos os sinos! A última coisa que ele ouvia, de noite, eram os passos do vigia noturno, inspecionando os muros da cidade, sob a janela de seu dormitório, tocando o sino e gritando: "Meia-noite. Uma bela noite. E vai tudo bem." Mas ele sabia, como eu sabia, como todos sabíamos, que as coisas não iam bem, que uma guerra estava prestes a acontecer. As cartas de Bertie e as minhas estavam carregadas de medo da guerra.

Então a guerra estourou. Como uma tempestade, ela ribombou ao longe, no começo, e ficamos esperando que passasse. Mas ela não passou. Papai ficou elegante com sua farda cáqui e suas botas marrons lustrosas. Despediu-se da babá Mason e de mim nos degraus da entrada, subiu no carro e partiu. Foi a última vez que o vimos. Não posso dizer que chorei quando soube que ele havia morrido. Sei que as filhas devem chorar a morte dos pais, e até me esforcei nesse sentido. É claro que fiquei triste, mas é difícil chorar a morte de uma pessoa que não se conhece muito bem, e meu pai sempre fora um estranho para mim. Pior, muito pior do que isso, era pensar que o mesmo poderia acontecer com Bertie. Eu só torcia e rezava para que a guerra terminasse enquanto ele estava são e salvo no colégio de Canterbury. A babá Mason dizia que a guerra acabaria antes do Natal. Mas o Natal chegou, ano após ano, e nada de a guerra acabar.

Ainda me lembro da última carta que Bertie me enviou do colégio.

Querida Millie,

Já tenho idade para me alistar, e é isso o que eu vou fazer. Estou cansado de cercados, muros, sinos. Quero ser livre, e esse me parece ser o único jeito de conquistar a liberdade. Além do mais, eles precisam de mais homens. Imagino que você tenha sorrido ao ler isso. Você se lembra de um menino, mas eu, agora, tenho mais de 1,80 m de altura e faço a barba duas vezes por semana. É verdade! Pode ser que eu fique um tempo sem escrever, mas, não importa o que aconteça, estarei sempre pensando em você.

Sempre seu,
Bertie

E então não tive mais notícias dele – pelo menos por algum tempo.

Um monte
de besteiras

O cachorro estava ganindo junto à porta da cozinha.

– Abre a porta para o Jack, abre? – pediu a velha. – Bom garoto. Já sei. Vou buscar a pipa que Bertie fez para mim. Você quer ver, não quer? – E saiu da sala.

Foi com muito gosto que deixei o cachorro sair e bati a porta atrás dele.

Ela voltou antes do que eu esperava.

– Pronto – ela disse, pousando a pipa na mesa, bem na minha frente. – O que acha? – A pipa era enorme, muito maior do que eu imaginava, e estava coberta de poeira. Tinha sido feita com lona marrom esticada sobre uma armação de madeira. As pipas que eu já tinha visto eram mais coloridas, mais alegres. Creio que a decepção ficou evidente em meu rosto.

— Ela ainda voa, sabia? — disse, soprando a poeira. — Você devia vê-la em ação, voando. Devia ver. — Ela se sentou e eu esperei que continuasse a contar a história. — Certo. Onde foi que eu parei? — perguntou. — Ando tão esquecida.

— Na última carta de Bertie — respondi. — Ele tinha acabado de se alistar e estava indo para a guerra. Mas o que aconteceu com o leão branco, "o Príncipe Branco"? Que fim ele teve? — Eu podia ouvir os latidos selvagens do cachorro, lá fora. Ela sorriu para mim.

— Cada coisa a seu tempo — disse. — Por que não dá uma olhada pela janela?

Eu olhei. O leão, na encosta, já não estava azul, estava branco. E o cachorro corria perto dele, perseguindo um grande grupo de borboletas azuis que voavam em torno dele.

— Ele corre atrás de qualquer coisa que se mexa — disse a velha. — Mas não se preocupe. Ele não vai conseguir pegá-las. Nunca consegue.

— Não *esse* leão — protestei. — Estou falando do leão da história. O que aconteceu com ele?

— Não está vendo? Eles são a mesma coisa. O leão da encosta, lá fora, e o leão da história são o mesmo leão.

— Não estou entendendo.

— Você já vai entender — ela disse. — Já vai entender. — E inspirou profundamente antes de continuar a história.

* * *

Por muitos anos, Bertie não falou nada sobre a guerra nas trincheiras. Ele dizia que era como um pesadelo que seria melhor esquecer e guardar para si. Mais tarde, porém, quando teve tempo para refletir e, talvez, curar as feridas, contou-me um pouco do que havia acontecido.

Aos 17 anos de idade, vira-se marchando com o regimento pelas estradas do norte da França, rumo à frente de batalha, cheio de disposição, esperança e expectativa. Meses mais tarde, estava sentado, todo encolhido, no fundo de uma trincheira lamacenta, com as mãos na nuca, a cabeça entre os joelhos, curvando-se o máximo possível sobre si mesmo e doente de medo, enquanto obuses e granadas destruíam o mundo ao seu redor. Então soava o apito e eles subiam para a Terra de Ninguém, com as baionetas encaixadas, e caminhavam na direção das trincheiras alemãs e das rajadas das metralhadoras. À sua direita e à sua esquerda, seus amigos tombavam, mas ele seguia em frente, com a sensação de que uma bala certeira o derrubaria a qualquer momento.

Na alvorada, tinham de sair do fosso e "guardar" as trincheiras, para se defenderem de eventuais ataques. Os alemães costumavam atacar a essa hora. E foi o que aconteceu na manhã de seu vigésimo aniversário. Com os primeiros raios de sol, um grande número deles subiu à Terra de Ninguém, mas logo foram vistos e ceifados como milho maduro. Então, deram meia-volta e fugiram. O apito soou, e Bertie liderou os homens até a Terra de Ninguém, para o contra-ataque. Mas, como sempre, os alemães já esperavam por isso, e teve início a matança habitual. Bertie foi alvejado na perna e caiu numa cratera aberta por uma granada. Pensou em esperar ali dentro até o cair da noite e, depois, rastejar de volta, acobertado pela escuridão, mas o ferimento sangrava muito e ele não conseguia estancá-lo. Decidiu então rastejar de volta para a trincheira enquanto ainda lhe restavam forças.

Com o corpo colado no chão, ele estava quase alcançando o arame farpado, e a segurança da trincheira, quando ouviu alguém gritando na Terra de Ninguém. Era um grito que ele não podia ignorar. Então viu que dois de seus homens estavam deitados, lado a lado, tão machucados que mal podiam se mexer. Um deles estava quase inconsciente. Bertie o colocou sobre os ombros e o carregou até a trincheira, os projéteis zunindo ao seu redor. O homem era pesado e Bertie caiu várias vezes de joelhos, mas levantou-se e, cambaleando, continuou, até que os dois tombaram para dentro da trincheira. Os padioleiros tentaram levar Bertie embora. O sangramento iria matá-lo, disseram. Mas ele não lhes deu ouvidos. Um de seus homens continuava caído na Terra de Ninguém e ele precisava dar um jeito de resgatá-lo.

Acenando com as mãos acima da cabeça, Bertie subiu a trincheira e seguiu em frente. O tiroteio cessou quase imediatamente. Ele estava tão fraco agora que mal conseguia se locomover, mas isso não o impediu de cambalear até o homem ferido e arrastá-lo de volta. Disseram que, no final, soldados de ambos os lados, tanto ingleses quanto alemães, começaram a aplaudi-lo e incentivá-lo enquanto ele voltava, aos tropeções, para a sua trincheira. Então outros homens saíram para ajudá-lo, e ele perdeu a consciência.

Quando acordou, viu-se deitado numa cama de hospital e, ao seu lado, os amigos que ele havia resgatado. E ainda estava lá quando lhe disseram que ele iria receber a Victoria Cross, pela demonstração de bravura em combate. Assim, Bertie tornou-se o herói da vez, o orgulho do regimento.

Tempos depois, ele começou a chamar aquilo de "um monte de besteiras". A verdadeira bravura, dizia, advém da superação do medo. Ou seja, em primeiro lugar, é preciso estar com medo, e ele não sentira medo. Não houvera tempo. Fizera aquilo sem pensar, assim como salvara o filhote de leão branco, anos antes, quando ainda era um menino na África. É claro que lhe fizeram grande estardalhaço no hospital, e ele adorou tudo aquilo, mas sua perna não se recuperou tão bem quanto deveria. E ele ainda estava no hospital quando eu o encontrei.

Não foi inteiramente por acaso. Fazia três anos que eu não recebia cartas dele, nenhuma notícia. Ele me prevenira sobre isso, eu sei, mas o longo silêncio era difícil de suportar. Toda vez que o carteiro chegava, eu tinha esperança, e, cada vez que eu não recebia cartas dele, a dor da decepção se acentuava. Contava tudo à babá Mason, que enxugava as minhas lágrimas e me dizia para rezar, o que ela também fazia. Ela tinha certeza de que, em breve, chegaria uma carta.

Sem a babá Mason, não sei como eu teria conseguido viver. Eu estava muito infeliz. Eu vira os feridos que retornavam da França, cegos, envenenados por gases, aleijados, e temia ver o rosto de

Bertie entre eles. Eu via nos jornais as longas listas de homens que haviam morrido ou estavam "desaparecidos". Todos os dias, eu procurava pelo nome dele nessas listas e dava graças a Deus por não encontrá-lo. Mas ele continuava sem escrever, e eu precisava saber o motivo disso. Pensei que, talvez, estivesse gravemente ferido, de cama em algum hospital, sem companhia nem amor, incapaz de escrever. Então decidi me tornar enfermeira. Eu iria para a França, para curar e consolar tanto quanto possível, na esperança de, um dia, reencontrá-lo. Mas logo percebi que seria inútil procurá-lo no meio de tantos homens de uniforme. Eu nem mesmo sabia qual era seu regimento, nem qual era a sua patente. Não sabia por onde começar.

Fui mandada para um hospital que ficava cerca de oitenta quilômetros distante da frente de batalha, próximo de Amiens. O hospital fora improvisado num castelo medieval, com torreões, escadarias amplas e candelabros em suas alas. Mas fazia muito frio no inverno, e os homens morriam tanto congelados quanto de ferimentos. Fazíamos o possível para ajudá-los, mas havia poucos médicos, poucos remédios. Havia sempre muitos homens chegando, com ferimentos horríveis, horríveis. Toda vez que salvávamos alguém, ficávamos imensamente felizes. No meio de todo aquele sofrimento, precisávamos de um pouco de alegria, acredite.

Então, numa manhã de junho de 1918, eu estava fazendo o desjejum e lendo uma revista, a *Illustrated London News*, eu me lembro, quando virei a página e vi um rosto que reconheci imediatamente. Ele estava um pouco envelhecido, com as faces cavadas, e um tanto sério, mas eu tinha certeza de que era Bertie. Seus olhos eram profundos e gentis, como em minhas lembranças. E lá estava o seu nome: "Capitão Albert Andrews VC". E, embaixo, havia todo um artigo sobre os seus feitos e sobre como ele ainda estava se recuperando dos ferimentos num hospital, num hospital que calhava de ficar a menos de quinze quilômetros de distância. Nada poderia me deter. No domingo seguinte, peguei uma bicicleta e fui até lá.

Ele estava dormindo quando o vi pela primeira vez, apoiado em alguns travesseiros, com uma das mãos atrás da cabeça.

– Oi – eu disse.

Ele abriu os olhos e franziu o cenho. Então me reconheceu.

– Você veio da guerra, é? – brinquei.

– Mais ou menos isso – respondeu.

O Príncipe Branco

Disseram que eu poderia levá-lo para passear na cadeira de rodas todo domingo, contanto que eu não o cansasse e o trouxesse de volta antes da hora do jantar. Como Bertie dizia, era como voltar aos domingos de nossa infância. Só havia um lugar para ir, uma pequena aldeia a cerca de um quilômetro de distância. Não restava muita coisa dela, apenas algumas ruas com casas destruídas, uma igreja com o campanário quebrado ao meio e um café na praça, por sorte, ainda intacto. Eu costumava empurrá-lo durante parte do trajeto e, depois, quando se sentia forte o bastante, ele seguia coxeando, com a muleta. Sentávamos no café e conversávamos, ou, então, caminhávamos ao longo do rio e conversávamos. Tínhamos anos e anos de prosa acumulada.

Ele me contou que não havia escrito porque achava que cada dia na frente de batalha poderia ser o último, que poderia estar morto antes do pôr do sol. Muitos dos seus amigos haviam morrido. Mais cedo ou mais tarde, chegaria a sua vez. Ele queria que eu o esquecesse, assim eu não ficaria sabendo de sua morte e não sofreria. O que os olhos não veem o coração não sente, ele disse. Não imaginara que fosse sobreviver e me reencontrar.

Foi numa dessas saídas de domingo que reparei num cartaz colado à parede do que restara dos correios, no outro lado da rua. As cores estavam desbotadas e a parte de baixo fora rasgada, mas, no alto, a inscrição era bastante nítida. *Cirque Merlot*, lia-se, e, logo abaixo: *Le Prince Blanc* – o Príncipe Branco! E havia uma imagem quase apagada de um leão branco. Bertie também o vira.

– É ele! – disse, ofegante. – Só pode ser ele. – E, sem a minha ajuda, pulou da cadeira de rodas, com a muleta, e foi coxeando para o outro lado da rua, na direção do café.

O dono do estabelecimento estava espanando as mesas na calçada.

– O circo – começou Bertie, apontando para o cartaz. Ele não falava francês muito bem, então gritou em inglês mesmo. – Você sabe, com leões, elefantes, palhaços!

O homem olhou para ele, com jeito de quem não estava entendendo, e deu de ombros. Então Bertie começou a rugir como um leão, rasgando o ar com as mãos imitando garras. Vi semblantes assustados dentro do café, e o homem começou a recuar, balançando a cabeça. Arranquei o cartaz da parede e o mostrei a ele. Meu francês era um pouco melhor do que o de Bertie. O dono do café logo entendeu.

– Ah! – disse, sorrindo aliviado. – *Monsieur Merlot. Le cirque. C'est triste, très triste.* – E continuou num inglês capenga: – O circo. Está acabado. Triste, muito triste. Os soldados, você entende, só querem cerveja e vinho, e garotas, talvez. Não querem circo. Ninguém vinha. Então, Monsieur Merlot tem de fechar o circo. Mas o que fazer com os animais? Ele fica com eles. Dá comida a eles. Mas as bombas continuam, e a casa dele – como se diz? – é bombardeada. Muitos bichos morrem. Mas Monsieur Merlot fica vivo. Só com os elefantes, os macacos e o leão, o "Príncipe Branco". Todo o mundo ama o Príncipe Branco. Então o exército leva todo o feno para os cavalos. Não tem nenhuma comida para os bichos. Monsieur Merlot tem de pegar a espingarda e matar os bichos. Não há mais circo. Acabou. *Triste, très triste.*

– Todos eles? – gritou Bertie. – Ele matou todos eles?

– Não – disse o homem. – Todos não. Ficou com o Príncipe Branco. Não conseguiria atirar nele, nunca. Monsieur Merlot, ele o trouxe da África, muitos anos atrás. É o leão mais famoso da França. Ele ama o leão como um filho. Aquele leão, ele fez Monsieur Merlot ficar rico. Mas ele não é mais rico. Perdeu tudo. Agora, não tem nada, apenas o Príncipe Branco. É verdade. Acho que vão morrer juntos. Talvez já estejam mortos. Vai saber?

– Esse Monsieur Merlot – disse Bertie –, onde ele mora? Onde posso encontrá-lo?

O homem apontou para fora da aldeia.

– Sete, talvez oito, quilômetros – disse. – Uma casa velha, à beira do rio. Tem de atravessar a ponte e virar à esquerda. Não é muito longe. Mas talvez Monsieur Merlot não esteja mais lá. Talvez a casa não esteja mais lá. Vai saber? – Então, dando de ombros pela última vez, virou-se e entrou.

Os caminhões do exército estavam sempre percorrendo a aldeia, portanto foi fácil pegar uma carona. Deixamos a cadeira de rodas para trás, no café. Bertie disse que ela só iria atrapalhar e que ele conseguiria se virar só com a muleta. Encontramos a casa, uma casa com moinho, logo depois da ponte, exatamente como o dono do café dissera. Não sobrara muita coisa. Os celeiros eram uma pilha de escombros, os destroços enegrecidos pelo incêndio. Apenas a casa principal ainda tinha telhado, que também estava danificado. Um dos cantos do edifício fora destruído por tiros de canhão e estava parcialmente coberto por uma lona que se agitava com o vento. Não havia sinal de vida.

Bertie bateu na porta várias vezes, mas não houve resposta. O lugar me assustava. Eu queria sair correndo de lá, mas Bertie insistiu. Quando ele empurrou a porta devagarinho, ela se abriu. Eu não queria entrar, mas Bertie puxou-me firmemente pelo braço.

– Ele está aqui – sussurrou. – Posso sentir o seu cheiro.

E era verdade. Havia um cheiro no ar, um cheiro pungente, rançoso e, para mim, bastante incomum.

– *Qui est là?* – disse uma voz no meio da escuridão do cômodo. – *Qu'est-ce que vous voulez?* – A voz era tão baixinha que, com o rumor do rio, lá fora, mal se podia ouvi-la. Consegui distinguir uma cama larga debaixo da janela, na parede oposta. Um homem estava deitado, soerguido por uma pilha de travesseiros.

– Monsieur Merlot? – perguntou Bertie.

– *Oui?*

Enquanto avançávamos, Bertie continuou:

– Meu nome é Bertie Andrews. Muitos anos atrás, o senhor foi à minha fazenda, na África, e comprou um filhote de leão branco. Ele ainda está com o senhor?

Como resposta, o lençol branco ao pé da cama transformou-se num leão, que se ergueu, saltou para o chão e agitou as patas, com um terrível rugido. Estaquei onde estava quando ele começou a avançar para nós.

– Está tudo bem, Millie. Ele não vai nos machucar – disse Bertie, colocando um dos braços sobre o meu ombro. – Somos velhos amigos.

Uivando queixosamente, o leão começou a se esfregar contra a perna de Bertie, e o fez com tanta força que tivemos de nos segurar firmemente para não cair.

Milagre, milagre!

O leão encarou Bertie por um tempo. Os uivos cessaram e ele começou a ronronar de prazer, enquanto Bertie lhe acariciava a juba e o espaço entre seus olhos.

– Você ainda se lembra de mim? – perguntou ao leão. – Lembra-se da África?

– É você mesmo? Não estou sonhando? – disse Monsieur Merlot. – Você é o garotinho da África, o garotinho que tentou libertá-lo?

– Eu cresci um pouco – disse Bertie –, mas sou eu, sim. – Bertie e Monsieur Merlot se cumprimentaram afetuosamente, enquanto o leão se voltava para mim, lambendo a minha mão com a língua quente e áspera. Trinquei os dentes e rezei para que ele não a comesse.

– Fiz tudo ao meu alcance – disse Monsieur Merlot, balançando a cabeça. – Mas olhe para ele agora. Está só pele e osso, como eu. Todos os meus bichos morreram, exceto *Le Prince Blanc*. Ele é tudo o que me restou. Tive de sacrificar meus elefantes, sabia? Fui obrigado. O que mais poderia fazer? Não havia comida. Eu não ia deixar que morressem de fome, não é?

Bertie sentou-se na cama, colocou o braço ao redor do pescoço do leão e afundou a cabeça na juba dele. O leão esfregou-se contra o corpo de Bertie, mas continuou olhando para mim. Mantive distância, é claro. Eu simplesmente não conseguia ignorar o fato de que leões comem pessoas, sobretudo quando estão com fome. E o leão estava faminto. As suas costelas e os ossos de sua bacia estavam aparentes.

– Não se preocupe, *Monsieur* – disse Bertie. – Vou trazer comida. Vou trazer comida para vocês dois. Prometo.

Quando acenei para o motorista da ambulância, ele pensou que fosse dar carona a uma enfermeira até a aldeia, de modo que você pode imaginar como ficou relutante ao ver o velho, depois Bertie e depois um enorme leão branco.

O motorista ficou engolindo em seco durante todo o trajeto. Não abriu a boca uma única vez e apenas acenou com a cabeça, concordando, quando Bertie lhe pediu para nos deixar na praça da aldeia. E, assim, cerca de meia hora depois, lá estávamos nós, do lado de fora do café, sob o sol, com o leão aos nossos pés, roendo o enorme osso que o açougueiro ficou feliz em nos vender. Monsieur Merlot comeu silenciosamente um prato de batatas fritas acompanhado de uma garrafa de vinho tinto. Uma multidão de aldeões e soldados estupefatos reuniu-se em torno de nós – mantendo uma distância segura, é claro. Enquanto isso, Bertie coçava entre os olhos do leão.

– Ele sempre gostou de ser coçado assim – disse Bertie, sorrindo para mim. – Eu não falei para você que iria encontrá-lo? – continuou. – Tenho a impressão de que você nunca acreditou em mim.

– Acreditei, sim – respondi, e acrescentei: – Bom, pelo menos depois de um tempo. – E era verdade. Creio que foi por isso que encarei tudo o que aconteceu naquela manhã tão facilmente. Era incrível, quase surreal, mas não era nenhuma surpresa para mim. Uma profecia que se concretiza, como um desejo que se torna real – e, nesse caso, eram ambas as coisas –, não chega a causar espanto.

Sentados do lado de fora do café, tomando vinho, nós três decidimos o que fazer com o Príncipe Branco. Monsieur Merlot não parava de chorar e de dizer que aquilo era "*un miracle, un miracle*"; depois enxugava as lágrimas e tomava outro copo de vinho. Ele gostava de vinho.

O plano todo era ideia de Bertie. Para ser sincera, não sei como aquilo poderia funcionar. Eu já deveria saber. Já deveria saber que, uma vez que Bertie decidisse fazer alguma coisa, ele não descansaria até conseguir.

Quando começamos a caminhar pelas ruas da aldeia, com Bertie apoiando-se no leão e eu empurrando Monsieur Merlot na cadeira de rodas, a multidão abriu-se à nossa frente, cedendo passagem. Depois passaram a nos seguir pela estrada – mantendo uma distância discreta, é claro –, até o hospital de Bertie. Alguém deve ter corrido na frente para avisar da novidade, pois podíamos ver um amontoado de médicos e enfermeiras nos degraus da porta da frente do hospital, e, em cada uma de suas janelas, surgiram pessoas. Enquanto seguíamos na direção do prédio, um oficial postou-se à frente do grupo, era um coronel.

Bertie bateu continência.

– Senhor – ele disse –, Monsieur Merlot, aqui, é um velho amigo meu. Ele precisa de um leito.

Precisa de descanso, senhor, e de boa comida. O mesmo vale para o leão. Então, eu estava pensando, senhor, será que podemos usar o jardim murado, atrás do hospital? O leão poderia dormir no galpão. Ele ficaria a salvo, e nós também. Eu o conheço, senhor. Ele não come gente. Monsieur Merlot disse que, se eu cuidar do leão e alimentá-lo, posso levá-lo para a Inglaterra comigo.

– Mas que atrevimento é esse? – cuspiu o coronel, descendo os degraus da frente. – Quem você pensa que é? – disse. Foi então que reconheceu Bertie. – Ah, você é o rapaz que ganhou a medalha, não é? – exclamou, mais educado dessa vez. – Andrews, não é?

– Sim, senhor, e quero levar o leão para a Inglaterra comigo, quando eu voltar. Já estamos pensando num lugarzinho para ele viver – e virou-se para mim. – Não é verdade? – perguntou.

– É verdade – eu disse.

Não foi fácil convencer o coronel. Ele só começou a mudar de ideia quando dissemos que, se não pudéssemos cuidar do leão, ninguém mais cuidaria, e ele teria de ser sacrificado. Um leão, o símbolo da Grã-Bretanha, sacrificado? Seria péssimo para a moral dos homens, Bertie argumentou. E o coronel deu-lhe ouvidos.

Também não foi fácil convencer as autoridades inglesas a permitir que ele levasse o leão para casa, quando a guerra acabasse, mas Bertie conseguiu dar um jeito. Ele simplesmente não aceitava "não" como resposta. Mais tarde, Bertie sempre dizia que foi graças à medalha que conseguira tudo aquilo, pois sem o prestígio da Victoria Cross ele jamais teria obtido todas aquelas permissões, e o Príncipe Branco não teria voltado para casa.

Quando aportamos em Dover, havia uma banda tocando e bandeirolas no cais, com os fotógrafos e repórteres dos jornais por toda parte. O Príncipe

Branco desceu do navio ao lado de Bertie e foi recebido como um herói. "O LEÃO BRITÂNICO VOLTA PARA CASA", rugiram os jornais do dia seguinte.

E foi assim que viemos parar aqui, em Strawbridge, Bertie, o Príncipe Branco e eu. Casei-me com Bertie na igreja da aldeia. Lembro que ele teve um pequeno desentendimento com o vigário, que não deixou o leão entrar na igreja para a cerimônia. Fiquei feliz por isso, mas nunca contei a Bertie. A babá Mason adorava Bertie e também o Príncipe Branco, mas insistia em dar-lhe banhos frequentes, pois ele fedia – o leão, não Bertie. A babá Mason ficou morando conosco – "os três filhos dela", ela dizia – até que se aposentou e foi viver no litoral de Devon.

LEÃO-BORBOLETA

Nunca tivemos filhos – apenas o Príncipe Branco –, e, eu lhe digo, ele era toda a família que poderíamos querer. Vagava livremente pelo bosque, exatamente como havíamos planejado, e estava sempre perseguindo veados e coelhos; mas nunca aprendeu a matar. Um leão velho não aprende truques novos. Ele tinha uma vida boa, comia carne e dormia num sofá na varanda – não permiti que ele entrasse no quarto, por mais que Bertie insistisse. Temos de estabelecer limites, não acha?

A perna de Bertie nunca sarou completamente. Às vezes, quando ela piorava, ele se apoiava numa bengala, ou em mim. Doía muito, sobretudo no tempo frio e úmido, e ele sempre dormia mal. Aos domingos, caminhávamos devagar pelo bosque; Bertie ficava sentado no alto da colina, com o braço ao redor do pescoço de seu amigo, e eu soltava pipa. Sempre gostei de pipas, sabe; e o leão também, pois, quando pousavam no chão, ele deitava as garras sobre elas e as estraçalhava.

O leão nunca tentou fugir, e, mesmo que tentasse, o muro era alto demais para um leão velho saltar. Aonde quer que Bertie fosse, ele queria ir atrás. E quando Bertie saía com o carro, ele se sentava perto de mim, junto ao forno, na cozinha, e ficava me observando com aqueles olhos grandes cor de âmbar, atento ao som de chegada do carro de Bertie passando pelo cascalho na frente da casa.

O leão viveu até uma idade bem avançada. Mas suas patas enrijeceram, e, no final, ele já não enxergava muito bem. Passou os seus últimos dias esparramado aos pés de Bertie, exatamente no lugar onde você está sentado. Quando ele morreu, nós o enterramos na colina, lá fora. Bertie quis assim, pois, desse jeito, ele sempre poderia ver o local da janela da cozinha. Sugeri que plantássemos uma árvore ali, para não esquecermos o lugar.

– Não vou esquecer – ele disse, raivosamente. – Nunca. E, além disso, ele merece muito mais do que uma simples árvore.

Bertie chorou a morte do leão por semanas, meses. Nada que eu fizesse conseguia alegrá-lo ou mesmo consolá-lo. Ele ficava sentado no quarto por horas a fio, ou então saía para dar longas caminhadas, sozinho. E ele ficou assim, ensimesmado, fechado, isolado. Por mais que eu tentasse, não conseguia chegar até ele.

Então, um dia, eu estava aqui na cozinha, vi Bertie descer a colina às pressas, acenando com a bengala e gritando para mim.

– Já sei! – exclamou ao entrar. – Já sei! – E mostrou-me a ponta da bengala. Ela estava branca. – Viu isso, Millie? É calcário! A colina é feita de calcário, não é?

— E daí? – eu disse.

— Você conhece o famoso Cavalo Branco, aquele que entalharam numa encosta em Uffington mil anos atrás? Aquele cavalo nunca morreu, não é? Ele ainda está vivo, não está? Então é isso o que vamos fazer para que ele não seja esquecido. Vamos entalhar o Príncipe Branco na encosta... Ele vai ficar ali para sempre, eternamente branco.

— Vai levar bastante tempo, não vai? – eu disse.

— Temos tempo, não temos? – respondeu, com o mesmo sorriso que abrira quando ele era um menino de apenas 10 anos e perguntara se poderia voltar e consertar a minha pipa.

Levamos vinte anos em nosso trabalho. Sempre que tínhamos tempo, subíamos a colina e escavávamos com pás e colheres de jardineiro; também tínhamos baldes e carrinhos de mão para levar os torrões de turfa e de terra. Foi um trabalho árduo, penoso, mas feito com amor. Fizemos tudo juntos,

Bertie e eu – patas, garras, rabo, juba, até que ele ficou completo, perfeito em cada detalhe.

Logo que terminamos, as borboletas apareceram. Percebemos que, quando o sol aparece, depois de uma chuva de verão, as borboletas – são adônis azuis, eu pesquisei – vêm beber na superfície do calcário. Então o Príncipe Branco se transforma no leão-borboleta e volta a respirar como uma criatura viva.

Agora você já sabe como o leão branco do Bertie se transformou no Príncipe Branco e como o Príncipe Branco se transformou no nosso leão-borboleta.

E O LEÃO E A OVELHA REPOUSARÃO JUNTOS...

A velha se voltou para mim e sorriu.
— Pronto – disse. – Essa é a minha história.
— Mas o que aconteceu com Bertie? – Eu sabia que não deveria fazer essa pergunta. Mas eu estava curioso.
— Ele morreu, querido – respondeu a velha. – É o que acontece quando envelhecemos. Não é nada para se preocupar. Mas é solitário. É por isso que tenho o Jack. E Bertie, assim como o leão branco, viveu até ficar bem velhinho. Está enterrado ao pé da colina, do lado do Príncipe Branco. – Ela olhou rapidamente para a colina. – E é para lá que eu vou também – disse.

Ela tamborilou sobre a mesa.
— Venha. Temos de ir, agora. Temos de voltar

para a escola antes que percebam sua ausência e você se meta em encrenca. Não queremos que isso aconteça, não é? – riu-se ela. – Foi isso o que eu disse ao Bertie, sabe, quando ele fugiu da escola, muitos anos atrás. Está lembrado? – Ela se levantou. – Vamos. Vou lhe dar uma carona. Não fique preocupado. Vou fazer o possível para que não o vejam. Vai ser como se você nunca tivesse saído.

– Posso voltar? – perguntei.

– É claro que pode – ela disse. – Talvez não seja tão fácil me encontrar nas próximas vezes, mas vou ficar esperando. Vou arrumar as coisas aqui na cozinha e depois saímos, está bem?

O carro era de um modelo bem antigo, preto, fino, elegante, com cheiro de couro e um motor que gemia. Ela me deixou nos fundos do parque da escola, perto do cercado.

– Cuide-se, querido – ela disse. – E venha me visitar, viu? Vou ficar esperando.

– Pode deixar – respondi. Pulei o cercado e me virei para acenar, mas o carro já tinha ido embora.

Para meu grande alívio, ninguém tinha sentido a minha falta. E, o que era melhor, Basher Beaumont estava na enfermaria. Estava com sarampo. Eu só podia torcer para que o sarampo dele durasse muito, muito tempo.

Durante todo o jantar, fiquei pensando em Bertie Andrews e no seu leão branco. Ensopado, bolinhos e pudim de semolina com geleia de framboesa – de novo! Foi quando comecei a enfrentar o pudim viscoso que lembrei que Bertie Andrews tinha estudado na minha escola. Quem sabe, pensei, talvez ele também tenha se sentado aqui, neste lugar, e comido semolina viscosa, como eu, agora.

Passei os olhos pelo quadro de honrarias nas paredes do refeitório, pelos nomes dos garotos que tinham sido bolsistas através dos anos. Procurei Bertie Andrews. Ele não estava ali. Mas também, pensei, por que haveria de estar? Talvez, como eu, ele não fosse um aluno brilhante. Nem todos ganham bolsas de estudo.

Cookie – o senhor Cook, meu professor de história – estava sentado do meu lado, na ponta da mesa.

– Quem você está procurando, Morpurgo? – perguntou, de repente.

– Andrews, senhor – respondi. – Bertie Andrews.

– Andrews? Andrews? Temos um Albert Andrews, que ganhou a Victoria Cross na Primeira Guerra Mundial. É ele? – Cookie raspou a tigela e lambeu a colher. – Adoro geleia de framboesa. Você vai encontrar o nome dele na capela, sob a janela do leste, no Memorial da Guerra. Mas ele não morreu lutando, sabe. Viveu em Strawbridge, naquela propriedade que tem um leão no portão de entrada e fica do outro lado da rua. Acho que ele morreu faz dez ou doze anos. Foi logo depois que vim dar aulas aqui. Ele foi o único ex-aluno que chegou a receber a Victoria Cross. Por isso colocaram uma placa em homenagem a ele na capela, depois que ele morreu. Eu me lembro do dia em que sua esposa veio inaugurar a placa... a viúva, eu quis dizer. Coitadinha, só ela e o cachorro naquele lugar enorme. Ela morreu poucos meses depois. De tristeza, dizem. Também se morre de tristeza, sabia? Desde então, a casa ficou vazia. Nenhuma família foi morar lá. Ninguém quis. É grande demais, entende? É uma pena.

Pedi licença para ir ao banheiro. Corri pela passagem que dava no pátio e entrei na capela. A pequena placa de bronze estava exatamente onde Cookie dissera, mas um vaso de flores a escondia. Empurrei-o para o lado. A placa dizia:

> ALBERT ANDREWS VC
> NASCEU EM 1897. MORREU EM 1968.
> EX-ALUNO DA ESCOLA.
> E O LEÃO E A OVELHA
> REPOUSARÃO JUNTOS...

Fiquei a noite inteira tentando desvendar aquele mistério. Cookie estava enganado. Tinha de estar. Não consegui pregar os olhos.

Adônis azuis

Na tarde seguinte, depois da aula de educação física, pulei o cercado nos fundos do parque, ultrapassei a Innocents Breach, atravessei a estrada, corri junto ao muro e passei pelo portão de ferro, com o leão de pedra rugindo sobre a minha cabeça. Estava caindo uma chuva fina de verão.

Tentei bater à porta da frente. Ninguém atendeu. Nenhum cachorro latiu. Dei a volta na casa e olhei pela janela dos fundos, a janela da cozinha. A pipa continuava ali, em cima da mesa, mas não havia sinal da velhinha. Bati com os nós dos dedos à porta da cozinha, bati mais forte, cada vez mais forte. Gritei:

– Ô de casa! Ô de casa!

Não houve resposta. Esmurrei a janela.

– Você está aí? Você está aí?

– Estamos todos aqui – disse uma voz atrás de mim. Eu me virei. Não havia ninguém. Estava sozinho, sozinho com o leão branco na encosta. Eu tinha imaginado tudo aquilo.

Subi a colina e me sentei na grama, bem acima da juba do leão branco. Olhei para o casarão, lá embaixo. Gralhas crocitavam no céu. Havia samambaias e grama crescendo nas calhas e ao redor dos canos das chaminés. Algumas das janelas haviam sido fechadas com pranchas de madeira. Os canos de escoamento estavam soltos, tortos, enferrujados. O lugar estava vazio, bem vazio.

Então, de repente, a chuva parou, e o sol esquentou a minha nuca. A primeira borboleta pousou no meu braço. Era azul. "Adônis azuis, adônis azuis", disse a voz novamente, como um eco na minha cabeça. Então o céu ao meu redor se encheu de borboletas, e elas desceram para beber água na superfície de calcário.

– Adônis azuis, está lembrado? – disse a voz, a mesma voz, a voz dela. E, dessa vez, tive certeza de que não era coisa da minha cabeça. – Mantenha-o branco para nós, querido. Não queremos que ele seja esquecido. E pense em nós de vez em quando, está bem?

– Vou fazer isso – eu disse. – Prometo que vou.

E juro que ouvi o chão tremer com o rugido de um leão distante.